STEFANIE DE VELASCO

Liebe Stella *oder* Radikal hoffnungsvoll in die Zukunft

Briefe an die kommenden Generationen

BAND 4

»Ein neues Lied, ein besseres Lied,
O Freunde, will ich Euch dichten!
Wir wollen hier auf Erden schon
Das Himmelreich errichten.«

Heinrich Heine

Liebe Stella –

ich weiß noch, wie ich dich zum ersten Mal vor mir sah – die Ankündigung, dass du bald kommen würdest, zwei blassrosa Streifen auf einer wattierten Fläche. Seit der Pandemie kennen auch Männer dieses bange Warten aus erster Hand, vor einem Teststreifen hockend, hoffend, dass kein zweiter auftaucht. Auf eine mögliche Schwangerschaft war ich ehrlich gesagt viel zu spät gekommen, weil ich immer penibel verhütet habe, also hatte ich geduldig auf meine Menstruation gewartet, ohne zu wissen, dass sie längst überfällig war.

Eines Tages war mir seltsam schlecht geworden. Ich saß an der Bushaltestelle und fuhr, wie jeden Morgen in dieser Zeit, in die Staatsbibliothek am Potsdamer Platz in Berlin. Ende des Monats musste ich meine Magisterarbeit abgeben. Als um zehn der dm in den Potsdamer Platz Arkaden öffnete, lungerte ich schon eine Weile vorm Eingang rum, ich betrat als Erste den Laden und kaufte einen Schwangerschaftstest.

Ich weiß noch, wie ich einen von diesen Pappbechern mitnahm, die dort am Wasserspender hingen, damit ich etwas zum Reinpinkeln hatte.

Es war Mai 2009 und es sollte wieder einer dieser »heißesten Sommer des Jahrhunderts« werden, verglichen mit heute eine eher moderate Trocken- und Hitzeperiode. Ich schrieb an meiner Magisterarbeit über Klimawandel in urbanen Kulturen. Darin ging ich der Frage nach, ob die Klimakrise unser Verständnis von Natur veränderte, und wenn, in welcher Weise. Ich wollte herausfinden, welchen kulturellen Strategien wir als Gesellschaft folgten, um den Klimawandel zu verarbeiten, und inwiefern sich der Klimawandel von einem Begriff zur Projektion für Erfahrungen und Ängste entwickelte. Seit Monaten beschäftigte ich mich mit den Zahlen des IPCC (Intergovernmental Panel on Climate Change), mit steigenden Temperaturen und der Frage, warum all diese apokalyptischen Nachrichten nirgends auf der Welt Alarm auslösten.

Währenddessen hattest du dich in meinem Inneren eingenistet.

Ich hockte auf dem Klo in der Staatsbibliothek und starrte ungläubig auf zwei zartrosa Streifen. Das zu große, karierte Hemd, das ich trug, hatte ich deinem Vater abgezogen, und an der Klotür saß eine Abortfliege, wie ich sie schon oft auf öffentlichen Toiletten gesehen hatte. Ich holte meine Sachen aus dem Lesesaal und stand eine Weile ein bisschen dumm vor der Bibliothek herum, dann nahm ich den M26 nach Neukölln und überlegte auf dem Nachhauseweg, wie es weitergehen würde.

Mir fiel die Entscheidung dann relativ leicht. Ich konnte mir einfach nicht vorstellen, Mutter zu werden, der Gedanke allein fühlte sich surreal an, ich musste immerzu an die schmelzenden Uhren von Dalí denken, die da in meinem Uterus vor sich hin tickten. Die Vorstellung, ein Kind zur Welt zu bringen, war mir unangenehm. Kurz darauf ging ich zum Arzt, die Schwangerschaft wurde bestätigt, und ich sah dich auf dem Bildschirm herumschwimmen: ein betrunkenes Seepferdchen. Bisschen niedlich, bisschen eklig. Als ich sagte, dass ich kein Kind bekommen will, zerriss die Gynäkologin das Ultraschallbild. Sie sprach von einem *Schwangerschaftsabbruch*, vermutlich, um nicht *Abtreibung* sagen zu müssen, dabei mochte und mag ich Abtreibung lieber, in meinen Ohren klingt es leicht und schwerelos.

Dein Vater begleitete mich in die Klinik nach Kreuzberg. Ich trug ein T-Shirt von ihm, auf dem der Name einer Urlaubsinsel stand, *Cuba* oder *Greece*. Ich erinnere mich, wie ich in nichts außer dicken Socken und dem T-Shirt auf den Gynäkologenstuhl stieg, wie die Anästhesistin zu mir sagte: »Jetzt schicke ich Sie auf Ihre Insel«, und ich zuerst nicht verstand, was sie meinte. Auf Inseln schickten meine Freundinnen und ich Kerle, die sich irgendwann als Arschlöcher entpuppten. »Der kommt auf die Insel«, sagten wir, wenn wir mal wieder an so einen geraten waren. Auch deinen Vater schickte ich kurz nach der Abtreibung auf die Insel.

Aber wo bist du?

Du treibst immer mal wieder durch mein Leben. Manchmal sehe ich dich in Gedanken als Kleinkind durch meine Wohnung flitzen, mal als die Teenagerin, die du inzwischen wärst. Vielleicht hätte ich dir dieses Jahr mit vierzehn deinen ersten Tampon gegeben. Ich hätte dir erklärt, was das für dein Leben bedeuten würde, wie es sich ab jetzt veränderte. Vielleicht hättest du es nicht glauben können oder wollen, dass du ab sofort jeden Monat ein paar Tage bluten solltest und dass diese ambivalente Superkraft ab jetzt dein Leben mitbestimmen würde.

Wenn ich daran denke, werde ich wehmütig, aber es ist eine schöne Wehmut, keine Trauer um etwas, das unwiederbringlich verloren gegangen ist. Anders als in den gängigen Erzählungen um das Thema Abtreibung war da bei mir nie ein Gefühl von Reue. Zu wissen, ich will keine Kinder, war eine friedliche Erkenntnis, und auch heute bin ich froh, diese Entscheidung getroffen zu haben, dich nicht in diese Welt zu setzen.

An ruhigen Nachmittagen schaue ich manchmal aus dem Fenster und spüre diese friedliche Gewissheit, als hätte ich in einer entscheidenden Sache vorgesorgt: Mutterschaft hätte mich überfordert. Ich hätte nicht nur Sorgearbeit leisten, sondern dir auch angesichts einer ungewissen Zukunft beiseitestehen müssen. Schon damals war mir klar, in was für eine Misere wir als Menschheit geraten würden, wenn wir nicht sofort etwas änderten. Vierzehn Jahre später nur sind wir nun genau an dem Punkt angekommen, den Klimaforscher:innen bereits seit Jahrzehnten prophezeien: Millionen Menschen fliehen aus ihren von Krieg, Ausbeutung und Dürre zerstörten Heimatländern, Europa wird zu einer Festung ausgebaut und rechtsextreme Parteien sind auf dem Vormarsch. Die Erzählung vom Wohlstand für alle, von universalen Werten wie Freiheit, Gleichheit und Solidarität, von einem Europa, in dem soziale Gerechtigkeit und Menschenrechte im Zentrum des Zusammenlebens stehen, gerät immer stärker ins Wanken und muss für deine Generation längst unglaubwürdig, vielleicht sogar zynisch erscheinen.

Wir Erwachsenen haben Angst vor der Zukunft. Und wenn das für uns schon gilt, wie muss es sich dann für euch Kinder anfühlen? Wenn ich dran denke, was du mit deinen vierzehn Lebensjahren schon alles erlebt hättest: Fukushima, Syrienkrieg, brennende Wälder, die vielen Toten im Mittelmeer, Hass im Netz, den russischen Angriffskrieg auf die Ukraine, einen Krieg in Nahost mit neuer Eskalationsstufe und nicht zuletzt die Coronapandemie. Vor allem die Pandemie hätte dich und dein Leben extrem geprägt, die Vorstellung, in deinem Alter nicht in die Schule gehen zu können, löst bei mir Beklemmung aus. Als ich so alt war wie du, war ich gerade dabei, für mich einen Ausweg aus der religiösen Gemeinschaft der Zeugen Jehovas zu finden, in der ich aufgewachsen bin. Die Schule war für mich viel mehr als nur ein Ort des Lernens, sie war eine Zuflucht, fünf Tage die Woche gewährte sie mir für eine gewisse Zeit Asyl. Dort konnte ich die Kraft tanken, die ich brauchte, um mich anschließend gegen das Leben zu stellen, das ich im Begriff war, hinter mir zu lassen. Für mich ging diese schwierige Zeit letztlich gut aus, aber deine Generation scheint seit der Pandemie nicht mehr zur Ruhe kommen zu können.

Manchmal habe ich das Gefühl, als wäre die ganze Welt in einem Endlevel von Tetris gefangen. Immer schneller regnen Konflikte, Krisen, Kriege auf uns herab, wir geraten im Großen wie im Kleinen immer stärker in Bedrängnis, haben immer weniger Zeit, Geschehnisse einzuordnen, weil von oben schon die nächsten Probleme runterrasen, so als seien wir dem Level einfach nicht gewachsen. Vielleicht herrscht deswegen auf der Welt ein Überangebot an dystopischen Filmen, Büchern und Politiken, weil einige sich nach dem erlösenden GAME OVER sehnen. »Apokalypsie« nennt Douglas Rushkoff diesen Zustand – die Sehnsucht nach einem Ende angesichts einer alles dominierenden, nicht enden wollenden Gegenwart. Nur leider ist das alles hier kein Spiel und die Erde ist kein Gameboy, egal, wie viel Weltuntergang die Streamingdienste bieten. Wie soll man bitte angesichts all dessen Hoffnung haben, ja sogar radikal hoffnungsvoll in die Zukunft blicken, fragst du dich sicher spätestens jetzt, oder?

Es tut weh zu sehen, dass ausgerechnet die Menschen, die am wenigsten zum Unheil beitragen, am meisten darunter zu leiden haben: die Kinder. Auf jeder Fridays-for-Future-Demo konnte ich die Verzweiflung, Ratlosigkeit und Trauer deiner Generation um eine verlorene Welt hautnah miterleben. Kinder, wie du heute eines wärst, standen vor dem Verkehrsministerium am Invalidenplatz und machten ihrer Wut und Trauer

Luft, zusammen warnten sie vor dem Klimakollaps und dem Rattenschwanz an Krisen, Schäden und Problemen, die daraus entstehen und die wir spätestens seit der Pandemie tagtäglich zu spüren bekommen. Sie fühlten sich – zu Recht – von uns um die Selbstverständlichkeit betrogen, dass ihr Planet sie und ihre Nachkommen ausreichend versorgen würde und dass sie gesund und in Ruhe altern könnten – und der Name »Invalidenplatz« bekam eine zynische Aktualität, weil die Kinder mir gleich im doppelten Sinne als Invaliden der Gegenwart erschienen: Versehrte der ökologischen Krise und von der Politik offenbar für wertlos befunden. »Alles ist so absurd, die ganze Situation ist so seltsam«, hörte ich Greta Thunberg dort einmal sagen, »es ist so weit gekommen, dass junge Menschen das Gefühl haben, ihre Schulbildung opfern zu müssen, um gegen die Zerstörung ihrer Zukunft zu protestieren. Das muss aufhören, jetzt. Wir rufen die Erwachsenen, die älteren Generationen dazu auf, uns bitte zu helfen. Wir können das nicht allein schaffen. Wir flehen euch an, helft uns.« Ich weiß noch, wie ein Mädchen neben mir leise zu weinen begann. Es legte sich die Hände übers Gesicht und weinte einfach. Ihre Mutter neben ihr wollte sie umarmen, aber das Mädchen wehrte ab, nicht mit der trotzigen Geste einer Pubertierenden, sondern so, als würde es sagen wollen: »Ich bin allein mit dieser Zukunft und das weißt du. Lüg mich nicht an mit diesem Arm, er kann und wird mich in der Zukunft nicht beschützen.«

Die beiden gingen mir danach nicht mehr aus dem Kopf – das Mädchen und seine Mutter, und dieser Satz: *Wir flehen euch an, helft uns.* Mich macht das alles genauso mutlos und verzweifelt, wie es dich machen würde, und einmal mehr bin ich froh, dich nicht auf diese Welt geholt zu haben. Es gibt aber unzählige Kinder wie dich. Ich kann die Probleme der Welt nicht lösen, aber ich kann diesen Brief schreiben, an dich, Stella – mein ungeborenes Kind. *Wir flehen euch an, helft uns.* Dieser Brief an dich ist der Versuch, dieser verzweifelten Bitte nach Hilfe nachzukommen, denn ich glaube, dass ich dir helfen könnte, weil auch meine Kindheit jäh endete und mich mit ähnlich tragischen Verlusten zurückließ, die du heute erfahren würdest – individuell und kollektiv: dem Verlust sämtlicher Koordinaten und der verzweifelten Suche nach einem neuen, besseren Leben. Ich schreibe diesen Brief als Aufruf und Ermutigung an dich, weil ich aufgrund meiner Herkunft und dem Herauslösen aus der Welt meiner Kindheit – die der Zeugen Jehovas – die Erfahrung gemacht habe, dass es ein Danach nach dem Danach gibt, dass ein neues, vielleicht sogar besseres Leben auf den Zusammenbruch althergebrachter überholter Entwürfe auf dich wartet, auch wenn so manche Beschädigung in uns und auf der Erde unwiederbringlich ist. Es gibt eine radikale Hoffnung – nicht nur irgendwo, irgendwann. Wir können sie ergreifen als Handlungsprinzip. Dies würde ich dir mitgeben, wenn du dich mutlos fühltest angesichts einer vielleicht düsteren Zukunft.

Auch ich musste meine Schulbildung zum Teil opfern, um mich aus einem System herauszulösen, das meine Zukunft zerstören wollte. Auch ich bin damals in eine Misere hineingeraten, in meinem Fall eine extremistische Religionsgemeinschaft, ohne das je zu wollen – einfach, weil die Erwachsenen um mich herum sich dort hineinmanövriert hatten. Auch mein Leben stand lange auf dem Spiel, weil gar nicht klar war, ob es mir gelingen würde, außerhalb der Zeugen Jehovas Fuß zu fassen. Ich wuchs in einer Welt auf, die auf eine Apokalypse wartete. Ich glaubte in einer Zeit zu leben, die dem Untergang geweiht war. Der Weltuntergang stand im Mittelpunkt meines Leben und er ängstigte mich ähnlich zu Tode, wie es heute bei deinen Altersgenoss:innen der Fall ist.

Nur: Die Apokalypse der Zeugen Jehovas war eine Spinnerei, eine Fiktion meiner Kindheit. Dein Weltuntergangsszenario ist real. Und trotzdem setzte der Ausstieg bei den Zeugen Jehovas bei mir eine dramatische Entwicklung in Gang, der mir wie ein realer Weltuntergang vorkam. Mein Ausstieg führte zu einem persönlichen, weltanschaulichen Zusammenbruch, der mich das Leben hätte kosten können. Denn ich musste lernen, in einer Welt zu bestehen, die ich nicht kannte und auf die mich niemand vorbereitet hatte. Ich musste ein komplett neues Fundament für mein Leben errichten, eine neue Erzählung, einen neuen Sinn finden. Und ich wusste damals nicht, ob und wie ich das schaffen würde.

Inzwischen bin ich überzeugt, dass mir das nur deshalb gelungen ist, weil ich die Hoffnung hatte auf eine Rückkehr ins Leben, die Hoffnung auf ein Leben, das ich weder kannte noch in meiner damaligen Verfassung imaginieren konnte – eine Hoffnung, die ich erst jetzt so benennen kann, und eine Zukunft, die ich nur rückblickend begreife, weil ich auf das Gute setzte und auf Bewegung anstatt auf Pessimismus und Nichtstun, trotz aller gegensätzlicher Erfahrungen, die ich bis dahin machen musste. Das verstehe ich unter radikaler Hoffnung als Handlungsprinzip.

DIE WAHRHEIT UND DIE WELT

Wie du, Stella, bin ich ein Unfallkind gewesen. Meine Eltern wollten eigentlich kein weiteres Kind mehr, als ich mich meinerseits auf einem Schwangerschaftstest ankündigte. Zuerst war meine Mutter überfordert, sie hat sogar ein bisschen geweint, aber dann hat sie sich doch gefreut, sogar sehr. Ich merke gerade, es fällt mir gar nicht so leicht, den richtigen Einstieg in mein sehr seltsames Upbringing zu finden. Ein Leben lang habe ich mich gefragt, wie es möglich war, dass eine kluge Frau wie meine Mutter sich den Zeugen Jehovas anschließen konnte. Womöglich würdest du dich äquivalent dazu fragen, wie es sein kann, dass die Menschheit schon seit Jahrzehnten vom Klimawandel und den fatalen Konsequenzen weiß, die unser fossiler Lebensstil für unseren Planeten hat, und sich trotzdem nichts Wesentliches geändert hat. Lange Zeit dachte ich, dass es wichtig sei, die Antwort auf meine Frage zu wissen, aber letztendlich ändert es nichts an der Geschichte oder anders gesagt: Was geschehen ist, ist geschehen.

Ich wuchs bei den Zeugen Jehovas auf, in einer sehr seltsamen Welt. Sie liegt mitten unter uns und trotzdem vollkommen verborgen. Sicher hättest du sie auch gesehen, diese unscheinbar wirkenden Menschen, die in U-Bahnhöfen, auf den Straßen, sogar an Flughäfen mit ihren Trolleys stehen und ihre Zeitschrift, den *Wachturm*, anbieten. Ich hätte das wohl zum Anlass genommen, um dir von meiner Kindheit zu erzählen. »Wie hast du es da rausgeschafft?«, hättest du irgendwann wissen wollen. Das wollen alle wissen. Diese Frage verfolgt mich bis heute, gepaart mit dem wohlwollenden: »Dass du es da rausgeschafft hast – Respekt.« Dabei hatte ausgerechnet ich selbst lange Zeit keinen Respekt vor meinem Ausstieg. Der Weg raus aus dieser Gemeinschaft religiöser Extremisten und der noch längere Weg in eine neue, für mich völlig unbekannte Welt war so lang, dass ich erst seit Kurzem das Gefühl habe, dieses Kapitel meines Lebens hinter mir zu haben und nicht nur sagen zu können: »Es ist vorbei. Ich bin da raus und woanders angekommen und in Sicherheit«, sondern auch so viel radikal Hoffnungsvolles aus dieser schwierigen Zeit mitgenommen zu haben, dass ich stolz darauf bin. Heute glaube ich, meinen Beitrag, mag er auch noch so klein sein, für das Gelingen einer guten Zukunft leisten zu können. Heute weiß ich, dass es mir auf eine Art gut geht und ich auf eine Art glücklich bin, gerade weil ich bei den Zeugen Jehovas aufgewachsen bin und den Ausstieg geschafft habe.

Zwei Besonderheiten kennzeichnen die Lehre der Zeugen Jehovas. Erstens: Sie glauben, dass ihr Gott irgendwann sehr bald (wann genau, weiß man nicht, aber man ist jederzeit bereit dazu) in das menschliche Treiben auf Erden eingreifen und alle Menschen außer die gläubigen Zeugen Jehovas vernichten wird. Für die Geretteten errichtet er anschließend ein Paradies auf Erden, in dem sie ewig leben können. Zweitens teilen die Zeugen Jehovas Menschen weltanschaulich in zwei Räume ein. Sie selbst leben »in der Wahrheit«, während der Rest der Menschheit vom Bösen beherrscht wird und »in der Welt« lebt. Die beiden Welten sind zwar klar voneinander getrennt, aber es gibt eine Art Grenzverkehr, Korridore, denn bei den Zeugen Jehovas gilt es, so viele Weltmenschen wie möglich auf die andere Seite, also in die Wahrheit zu holen, ohne sich selbst von der Welt »anstecken« zu lassen.

Das Gemeinschaftsgefühl unter den Zeugen Jehovas ist sehr stark, aber sie leben in einer engen Welt voller absurder Regeln: keine Geburtstage, kein Weihnachten –

und immer diesen Weltuntergang vor Augen. Harmagedon. Ich glaubte als Kind fest an Harmagedon, ich freute mich auf das Paradies, ich fürchtete die Welt und gleichzeitig sehnte ich mich oft nach dem freien, unbeschwerten Leben der Gleichaltrigen in meiner Klasse. Bei unseren Zusammenkünften lernte ich, dass Satan und seine Dämonen mit perfiden Methoden arbeiteten, ein bisschen so wie bei Landminen, die im Krieg abgeworfen werden und die wie Spielzeuge aussehen, den Kindern aber die Beine wegfetzen. Abends vor dem Schlafengehen kam die Angst, wenn ich mir vorstellte, wie die Dämonen zwischen den Rolllädenritzen in mein Zimmer krochen. Ich hatte ständig Angst. Vor Satan und seiner Welt, aber auch vor diesem übermächtigen Gott, der all meine Gedanken lesen konnte und die Kraft hatte, mich, wann immer er wollte, einfach auszulöschen. Wie sollte ich nur dieses Harmagedon überleben, fragte ich mich als Kind. Was, wenn Jehova mich aus Versehen auch tötete, so wie es im Krieg oft geschah – oder noch schlimmer: Was, wenn Jehova mich nicht für gut genug befand, ins Paradies zu kommen? Denn ich war nicht gut. Ich log, lästerte und masturbierte. Manchmal träumte ich nachts, dass eine meiner Lehrerinnen mich entführte. Es waren Albträume, aus denen ich schweißgebadet aufwachte, bevor ich zu meiner Mutter ins Bett kroch. Offenbar wünschte ein Teil in mir schon damals, dieser Weltuntergangserzählung irgendwie zu entkommen, zur Not durch eine Entführung.

Mit zwölf Jahren begann ich, an der Musikschule meiner Heimatstadt Querflöte zu spielen. Damit öffnete sich für mich ein Raum, in dem ich mich bewegen konnte. Flöte spielen war zwar weltlich, aber nur ein bisschen. Ich merkte, die Welt hat auch ihre gute Seite. Nicht alles an ihr ist böse. Ich genoss das Musizieren so sehr, dass es schon bald etwas Obsessives bekam. Ich könnte noch Klavier lernen, schlug mein Lehrer vor, falls ich Musikerin werden wolle, sollte ich das sogar, aber meine Mutter ließ das nicht zu. »Klavierspielen kannst du im Paradies lernen«, sagte sie.

Danach fiel ich in eine tiefe Depression. Damals war mir das nicht bewusst, ich wusste nicht einmal, was eine Depression ist. Ich spürte nur, dass es mir nicht gut ging. Mein Leben fand wie unter einer Glasglocke statt, so als wäre jemand Geliebtes gestorben. Ich war dreizehn Jahre alt, und ich glaube, es ist genau dieses Gefühl von damals, das mich heute mit einer Vorstellung von dir und den Kindern vom Invalidenplatz verbindet. Ich war enttäuscht, ich fühlte mich betrogen und verzweifelt. Es war ein Moment, in dem ich mich – ähnlich wie das Mädchen im Invalidenpark – von meiner Mutter abwandte, auch wenn die Mutter im Invalidenpark, anders als meine Mutter, ihrer Tochter wirklich helfen wollte.

Ich wusste damals nicht, wie es weitergehen sollte. Ich war sehr allein. Wenn ich mir heute Fotos aus jener Zeit anschaue, erschrecke ich mich immer. Blass, pickelig, in rosa Kleidern, die mir damals immer noch meine Mutter raussuchte und die verdeutlichen, wie sehr sie alles dafür tat, dass ich so lange wie möglich ihr kleines Mädchen blieb. Selbst die Querflöte machte mir keinen Spaß mehr, sie erinnerte mich nur immer wieder daran, dass ich auf dieser Erde keine Zukunft hatte. Ich verbrachte Stunden allein in meinem Zimmer und las die Bücher von Enid Blyton und Marie Louise Fischer. Die heilen Welten von Hanni & Nanni, Dolly und den Mädchen von der Parkschule trösteten mich. Hier gab es keine Trennung zwischen Welt und Wahrheit, keinen Gott – nicht einmal Eltern, jedenfalls spielten sie in den Geschichten keine Rolle.

Kurz danach fing ich an, Tagebuch zu schreiben. Es war ein Schulheft mit goldenem Umschlag, auf den ich einige Snoopy-Sticker klebte. Auf der ersten Seite steht: »*Heute bin ich um 10:15 Uhr aufgestanden und habe gefrühstückt. Dann ist Mami zum Flohmarkt. Ich habe Inga angerufen und bin zu ihr gegangen. Wir haben fünfmal Hotel gespielt. Danach haben wir von Frau Fernow ein*

Eis mit Früchten bekommen. Wir haben das Eis im Garten gegessen.« Es finden sich in meinem Tagebuch keine Hinweise für die Ängste, die ich ausstand, oder für die Sehnsucht, die ich hatte, die Welt der Zeugen Jehovas zu verlassen. Ich glaube, ich war einfach noch zu jung, um zu verstehen, was in mir vorging.

Das Aufschreiben jener harmlosen Geschichten war für mich der erste, noch unbewusste Schritt raus aus der Gemeinschaft der Zeugen Jehovas. Durch das Schreiben schuf ich einen, wenn auch vorerst nur kleinen, Abstand zum Universum der Zeugen Jehovas, und im Tagebuch wurde aus »*Mami*« schon bald »*meine Mutter*«. Deswegen wundert mich dieser Satz auch nicht, den ich zwei Monate später schrieb: »*Über BNS werde ich nichts mehr schreiben, weil das schon zu geheim ist.*« Ich weiß nicht mehr, was oder wen ich damals geheimhalten wollte, das seltsame Kürzel verschließt sich mir, der Erwachsenen, heute. Jedenfalls fing ich aber an, im kleinen Stil Gesetze und Lehren der Zeugen Jehovas zu hinterfragen, zum Beispiel, warum meine Freundin und ich nicht auf das Roxette-Konzert gehen durften. Ich ärgerte mich sehr darüber – in meinem Tagebuch. Ob Gott auch Tagebücher liest, das fragte ich mich interessanterweise nicht, vielleicht hielt ich ihn wie Nietzsche inzwischen zumindest ein bisschen für tot. Schreibend begann ich, mir geheime Gedanken zu machen, ich verkapselte mich durch Worte und grenzte mich dadurch immer mehr von meinem Umfeld bei den Zeugen Jehovas ab. Ich füllte Seite um Seite in meinem Tagebuch und schleppte es überall mit mir herum, weil ich schon früh ahnte, dass meine Mutter darin las. Schon ein Jahr später schrieb ich nur noch über die vielen Streits mit ihr.

Mir waren die Zusammenhänge zwischen dem Schreiben und dem Ausstieg aus der Sekte damals nicht bewusst. Dass ich mit jeder Seite, die ich füllte, einen Weg fand zu meinen eigenen Sehnsüchten und Träumen, und dass dieser Schritt bereits die Hoffnung enthielt, einem System zu entkommen, dessen totalitäre Strukturen ich in ihrer Gänze gar nicht durchschauen konnte. Trotzdem machte ich bereits die ersten Schritte auf einem Weg, der noch gar nicht existierte, sondern von mir irgendwie imaginiert werden musste. Ich glaubte entgegen aller Erfahrungen und ohne jeglichen Anlass an das Gute – und das nenne ich radikale Hoffnung. Das Schreiben half mir nicht nur dabei, sondern es setzte diesen Prozess radikaler Hoffnung in Gang. Ich schrieb, mehr konnte ich bis dahin nicht tun, aber wie viel Veränderungen genau das mit sich brachte, zeigte sich nach und nach. Ich glaube, die Worte, Sätze, vollen Seiten meines goldenen Tagebuchs mit den Snoopystickern legten sich um mich wie eine Rüstung, die ich mir schmiedete – mit Kettenhemd, Schild und einem Schwert, mit dem ich mir einen eigenen Weg freischlagen konnte.

Es dauerte trotzdem noch ein ganzes Jahr, ehe ich meiner Familie und den Ältesten der Gemeinschaft eröffnete, dass ich nicht mehr zu den Zusammenkünften kommen würde. Schreibend hatte ich die Verlogenheit hinter der Lehre der Zeugen Jehovas entdeckt. Viele Jahre später erst sah ich den Film *Die Truman Show*, der für mich extrem wichtig war, weil er auf den Punkt brachte, wie ich die Welt, in der ich groß geworden war, erlebt hatte. Wie Truman eröffnete sich mir plötzlich eine grässliche Wahrheit, und auch ich empfand den Ausstieg bei den Zeugen Jehovas wie eine Reise durch ein tobendes Meer, doch am Ende war der Horizont genau wie im Film nur aus Pappe, eine Kulisse, und dahinter die echte Welt.

Während ich schrieb, brach das Bühnenbild der Zeugen Jehovas vor mir zusammen. Die Menschen, die meine Freundinnen, Brüder, Schwestern und Ersatzväter gewesen waren, erschienen mir irgendwann nur noch wie Abziehbilder. Ab diesem Moment war es einfach zu gehen. Meine Mutter tobte, aber für mich gab es kein Zurück mehr, meine Entscheidung stand fest.

Sie bestrafte mich, wo sie nur konnte – Taschengeldentzug, Telefonverbot, Schläge. Sie nahm mir meine Kleidung weg, meine Musik und meine Bücher. Sie stahl mein Tagebuch und gab es den Ältesten unserer Versammlung. Aber die Ältesten und ihre Meinung über mich waren mir inzwischen egal, sollten sie doch mein Tagebuch lesen. Ich fischte meine Kleider aus unserem Müll, wusch sie. Als meine Mutter mich von der Waschmaschine wegzerrte und mal wieder ausholen wollte, drängte ich sie in eine Ecke. Ich war so wütend, eine Wut wie Benzin, das durch meine Adern floss und mir den Weg freibrannte. Ich sehe mich noch heute in unserem feuchten Keller stehen, neben der Waschmaschine, der Geruch von billigem Weichspüler in der Luft, meine Mutter mit weit aufgerissenen Augen. »Wenn du mich noch einmal schlägst, schlage ich zurück«, sagte ich.

Nach Jahren des Kampfes hatte ich gewonnen. Es fühlte sich an wie ein Triumph. Ich bin draußen, dachte ich. Keine Ahnung, wie mir das gelungen ist, aber es ist vorbei.

Dass gar nichts vorbei war, dass alles gerade erst anfing, ahnte ich damals noch nicht. Ich feierte meine Freiheit wie ein rauschendes Fest, auf das ich mich ein Leben lang gefreut zu haben schien.

Ich war kaum noch zu Hause, schlief meist bei Freunden, schwänzte die Schule, ließ keine Party und kein Konzert aus, doch schließlich kippte meine grenzenlose Euphorie ins Gegenteil. Plötzlich erschien mir auch die Welt »da draußen« irgendwie künstlich, weit weg, fremd. Ich bekam Angstattacken, Depressionen – so wie schon einmal, als ich kein Klavier lernen durfte, nur dass ich diesmal keinen Grund dafür sah. Eigentlich war ich doch frei. Ich durfte jetzt alles tun, aber ich fühlte mich null befreit. Manchmal blickte ich morgens in den Spiegel und fragte mich: Wer ist dieser junge Mensch mit dem Babyface und den Augenringen einer Trümmerfrau? Ich wusste es nicht mehr. Und ich wusste auch nicht, dass all diese Symptome eine Folgeerscheinung meiner traumatischen Kindheit und Jugend waren.

Was ich erlebte, war eine Art verzögerter Schockzustand. Ich hatte mir den Schock und die Trauer um das Verlorene nicht leisten können, als ich die Zeugen Jehovas und damit verbunden alles, was ich bis dato gekannt hatte, verließ – diesen immensen Verlust konnte und wollte ich mir direkt nach meinem Ausstieg nicht bewusst machen, ich hatte das Gefühl gehabt, rennen zu müssen, immer weiter. In meiner Rüstung. Ich musste die Schule schaffen. Ich musste erwachsen werden, all das ließ sich nicht verschieben. Also kamen der

Schock, die Trauer, die Wut zeitverzögert und mit umso größerer Wucht.

Die Lebensweise, die ich von klein auf gekannt hatte, war komplett zerstört, aber ich hatte noch nicht gelernt, meinen Platz in dieser neuen Welt zu finden. Vielleicht fühlte ich mich deswegen oft wie eine Außerirdische, als sei ich auf einem Planeten gelandet, dessen Art zu funktionieren und dessen Kultur ich nicht verstand. Ich fand das wahnsinnig ungerecht: Ich war dieser engen, totalitären Welt meiner Kindheit entkommen und jetzt ging es mir schlechter als je zuvor. Eine Trauer, die ich nicht einordnen konnte – wie um etwas Unbekanntes –, und große Verunsicherung beherrschten mein Leben. Ich geriet in eine albtraumhafte Zeitlosigkeit hinein. Nichts passiert, dachte ich, und es wird nie wieder etwas passieren, das ist jetzt mein Leben. Manchmal traf ich Leute auf der Straße, im Supermarkt oder in einem Café. »Wie geht es dir?«, fragten sie und lachten mich an. »Gut«, sagte ich, aber in Wirklichkeit dachte ich: »Schlecht! Wie soll es mir gehen, in einer Welt, die ich nicht mehr verstehe, zu der ich nicht gehöre, für die ich nicht erzogen worden bin?« Ich war hoffnungslos, am Boden.

Tocar fondo nennt man das im Spanischen. Ich würde es mit »den tiefsten Punkt berühren« übersetzen, und dieser tiefste Punkt und alles, was damit verbunden ist – Verzweiflung, Ratlosigkeit, Trauer –, scheint mir die Grundmentalität unserer jetzigen Welt zu sein, nur dass es ein individueller, kollektiver Tiefpunkt ist, der ganze Gesellschaften erfasst. In den vergangenen Jahren, spätestens seit Beginn der Pandemie, bin ich oft diejenige gewesen, die Freunde, Bekannte, Nachbarn nach ihrem Befinden fragte, mit einem harmlosen »Wie geht es dir?«, und weißt du, Stella, was ich in ihren Gesichtern, ihren Antworten las? Genau die gleiche tiefe Verunsicherung und Hoffnungslosigkeit, wie ich sie damals um die Jahrtausendwende empfand. »Wenn ich ein Grundgefühl für die zurückliegende Zeit benennen müsste, dann das des Verlorenseins. Ich habe den Eindruck, in einer Welt zu leben, die mir bekannt vorkommt, die immer noch nach vielen der vertrauten Regeln funktioniert, aber dennoch durch eine andere, unheimlichere Version ihrer selbst ersetzt wurde«, so schildert Daniel Schreiber in seinem Essay *Die Zeit der Verluste* einen Zustand, der inzwischen zu einer Art gesellschaftlichem Kollektivzustand geworden ist.

Wir verstehen die Gegenwart nicht mehr.

DIE CROW UND DIE HOFFNUNG

Der Kulturwissenschaftler und Philosoph Jonathan Lear benutzt für die Systematik, in der Kulturen und Gemeinschaften Zeit einordnen und bewerten, den Begriff »Zeitlichkeit«. Er meint damit »die Zeit, wie sie innerhalb einer Lebensweise erfahren wird«. Um unser Jetzt, unsere Gegenwart, zu begreifen, so Lear, müssten wir sie sowohl an Veränderungen (Wirtschaftskrisen, Pandemien, Kriege) als auch an Kontinuitäten (Bräuchen wie Weihnachten oder die Jahreszeiten in der nördlichen Hemisphäre unseres Planeten) koppeln. Es würde den meisten Menschen in Europa sonderbar vorkommen, wenn es plötzlich keine Weihnachtszeit mehr gäbe. Die Leute wären alle irritiert, durcheinander, ihnen würde etwas fehlen und zwar viel mehr als nur die Geschenke. Weihnachten ist eine Orientierung für christlich geprägte Kulturen. Klar, es gibt Menschen, die mögen kein Weihnachten, sie boykottieren den Kauf von Geschenken und machen an Heiligabend nichts. Doch selbst dieser Anti-Brauch funktioniert ja nur als Protestform, weil es Weihnachten gibt. Als meine Mutter zu mir sagte: »Klavierspielen kannst du im Paradies lernen«, klang das in deinen Ohren wahrscheinlich komplett absurd, war aber in meiner Welt eine sehr klare Aussage. So verstehe ich den Begriff der Zeitlichkeit. Zeitlichkeit ist wie ein Koordinatensystem mit zwei Achsen: Auf der ersten Achse vergeht sie in Tagen und Nächten, auf der anderen ist sie ein Narrativ, eine Chiffre, die in jeder Kultur etwas anderes bedeuten kann und anders als die erste Zeitachse nicht universell funktioniert.

Jonathan Lear führt als Beispiel für seinen Zeitlichkeitsbegriff die Vertreibung des nordamerikanischen indigenen Stammes der Apsáalooke an, die sich selbst auch »Crow People« nannten. Als die europäischen Kolonialmächte die indigenen Völker Nordamerikas in die Reservate deportierten, erlebten die Crow den Zusammenbruch ihrer Zeitlichkeit und Räumlichkeit. Bis dahin hatten sie wie die meisten Indigenen Nordamerikas als Nomadenstamm gelebt, sie waren mit den riesigen Büffelherden gewandert, von dessen Fleisch sie sich ernährten. Ein Leben in permanenter Sesshaftigkeit kannten sie nicht, geschweige denn in abgesteckten

Lagern. Als das Volk der Crow in die Reservate vertrieben wurde, verfielen viele seiner Mitglieder in eine tiefe Depression. »Sie verloren ihr Interesse an den Dingen«, schreibt Lear, sie hörten sogar auf, richtig zu essen. Der Alltag der Crow war auf die Büffeljagd und auf die Verteidigung ihrer Territorien gegen feindliche Stämme wie die Sioux, Cheyenne, die Blackfeet ausgerichtet. Dementsprechend wurden junge Crow zu Kriegern und Jägern erzogen. Doch die Europäer rotteten die Büffel aus, sie nahmen den Sioux und den Crow ihre Pferde, deportierten diese beiden nomadischen Völker in Reservate, die winzig waren, verglichen mit dem weiten Land, durch das sie gewandert waren, und sie verboten ihnen, Krieg miteinander zu führen. »When the buffalo went away, the hearts of my people fell to the ground. After this nothing happened«, sagte Crow-Häuptling Plenty Coups zu Frank B. Linderman. Kurz bevor er starb, beschloss Plenty Coups, diesem weißen Mann seine Lebensgeschichte und die Geschichte seines Volkes zu erzählen.

Häuptling Plenty Coups wurde in genau jener Zeit erwachsen, als die Crow in die Reservate deportiert und damit sämtliche Lebensgrundlagen und Selbstverständlichkeiten ihres Stammes vernichtet wurden. Die Kultur der Crow brach zusammen und mit ihr der

»innere Lebensstil«: Tugenden, Ansichten, der gesamte Blick auf das Crow-Leben machte angesichts der grausamen Einschränkungen, die die Europäer den Indigenen auferlegten, keinen Sinn mehr. Für die Crow ging eine Lebensform zu Ende.

Und was taten die Crow?

Schon immer wurden militärische Operationen gegen die Feinde der Crow oder andere Krisensituationen als »theoretische Inspiration in einer Offenbarung, die in einem Traum oder einer Vision erfolgte« geplant. Auf uns mag das erst mal befremdlich wirken. Hochbevölkerte, industrialisierte Gesellschaften versuchen, Probleme eher vom Verstand gelenkt zu lösen, da wir von der Aufklärung geprägt sind, doch auch wir haben bei genauerer Betrachtung Ansätze wie die Debattenkultur oder den Parlamentarismus, die den Bewältigungsstrategien der Crow ähneln.

Oft schickten die Crow in Krisensituationen ihre Kinder und Jugendlichen in die Wüste oder in die Berge, damit sie dort, in der Abgeschiedenheit, *träumten*. Einsamkeit, Langeweile, Kälte und das eigene Zufügen von Schmerzen versetzten sie in Trancezustände, *Medizinträume*, die nach ihrer Rückkehr gemeinsam mit den Stammesältesten gedeutet wurden. Natürlich ging es nicht darum, blind und willkürlich irgendwelche

Träume von Kindern zu deuten, es ging nicht um den naiven Versuch, über Rituale oder Aberglauben besser mit Problemen umzugehen, denen die Crow ausgesetzt waren. Nein – sie hatten über Jahrhunderte hinweg die Erfahrung gemacht, dass ihre Kinder und Jugendlichen es ihnen durch das Aufsuchen einsamer Gegenden, die Erzeugung von Trancezuständen und das anschließende Teilen der evozierten Erfahrungen ermöglichten, Lösungen für herausfordernde Situationen zu finden. Die Crow konnten sich durch die Medizinträume der Kinder und Jugendlichen ihren kollektiven Ängsten, aber auch ihren Wünschen und Vorstellungen von einer Zukunft stellen, die sie auf ihre übliche Weise nicht mehr gestalten konnten. Die Crow brauchten einen Plan für eine völlig neue Situation und hatten die Erfahrung gemacht, dass dabei diese Form der Kommunikation untereinander schon so manches Problem gelöst hatte.

Plenty Coups wollte von Kindheit an Häuptling werden und übte sich in den dafür althergebrachten Fertigkeiten der Kriegsführung und der Jagd besonders intensiv. Als er jedoch erlebte, wie die Kultur und Lebensweise der Crow immer stärker eingeschränkt wurden und im Begriff waren zu zerbrechen, zerbrach auch für Plenty Coups die Möglichkeit, »in Entsprechung zu den Idealen zu leben, die ihm zugewiesen wurden«.

Häuptling werden machte in der traditionellen Weise keinen Sinn mehr. Weder ihm selbst noch seinem Stamm war klar, was einen guten in dieser neuen Gegenwart Häuptling ausmachte.

Auch Plenty Coups war als junger Crow in die Wüste geschickt worden, auch er kehrte mit einem Medizintraum zurück, er war damals neun Jahre alt. Wenig später wurde sein Stamm von der US-Regierung in die Reservate deportiert. Plenty Coups' Traum an dieser Stelle wiederzugeben, ist, glaube ich, nicht nötig. Ich erzähle dir nur davon, weil es mir um die Botschaft geht, die die Crow daraus ableiteten. Sie lautete: Die Europäer haben alle Stämme, die sich ihnen entgegengestellt haben, niedergeschlagen. Wenn wir weiter gegen sie kämpfen, wird uns das Gleiche passieren. Stattdessen sollten wir uns an der Meise orientieren. Sie ist den meisten Vögeln kräftemäßig unterlegen, aber ihr Geist ist ihnen meist voraus. Sie ist eine Meisterin im Beobachten und in der Diskretion, und ihre Erfolge basieren darauf, dass sie von den Siegen und Niederlagen anderer lernt. Wir müssen von Jägern und Kämpfern zu Meisenmenschen werden. Nur so können wir unser Stammesgebiet möglicherweise behalten und die völlige Vernichtung unserer Kultur abwenden.

Aber was bedeutete das konkret oder anders gefragt: Wie lässt sich diese Botschaft auf unsere europäische Kultur und auf unsere Gegenwart übertragen? Und was hat das mit radikal hoffnungsvollen Handlungsprinzipien zu tun? Was taten die Crow, nachdem klar war, dass sie in die Reservate gehen mussten und ihre jahrtausendealte Lebensweise zu Ende ging?

Sie gestanden sich genau dies ein. Dass es nur Hoffnung für ihr Volk geben könnte, wenn sie die Hoffnung aufgaben, dass alles wieder »gut« im Sinne von »so wie früher« werden wird. Sie erkannten es an – dass ihre Lebensweise, das Büffeljagen und Bekriegen der Sioux, dass ihr Nomadenleben vorbei war. Und zwar unwiederbringlich, und dass es nichts gab, was sie tun konnten, um das zu ändern. Die Crow akzeptierten, dass sie nicht wussten, nicht wissen konnten, worauf sie noch hoffen sollten, welche Absichten und Ziele ihr Stamm ab jetzt verfolgen sollte, denn »es werden Veränderungen eintreten, die alles übersteigen, was wir uns derzeit vorstellen können. Sicher wissen wir nur, dass wir uns der Zukunft nicht auf jene Weisen stellen können, die uns bisher offenstanden. (...) Wir müssen alles tun, was in unserer Macht steht, um unsere Vorstellungskraft für radikal andersartige zukünftige Möglichkeiten zu öffnen. Aber die Hoffnung besteht »auf mehr als bloßes biologisches Überleben«, dass sie alles dafür tun werden, »das Gute wiederzuerlangen, wenn uns auch gegenwärtig nicht die leiseste Spur davon gegeben ist, was das heißen könnte. (...) Dass die Güte der Welt die begrenzten und fehlbaren Versuche der Denkenden übersteigt.« So interpretiert Jonathan Lear die Worte, die Plenty Coups zu seinem Freund Linderman sprach. Es war Plenty Coups, der als Häuptling der Crow diese Wende im Leben seines Stammes initiierte – und tatsächlich fanden die Crow eine neue Lebensform, die ihnen als eine der wenigen indigenen Kulturen Nordamerikas das Überleben in einer (für sie) postapokalyptischen Welt ermöglichte. Sie fanden einen Weg, der herausführte aus der totalen Vernichtung hin zu einer neuen Crow-Kultur, die sich nicht nur radikal veränderte, sondern auch radikal hoffte und radikal darauf vertraute, dass dies gelingen würde.

Der Rückgriff auf die Geschichte der Crow und das Prinzip der Radikalen Hoffnung ist nicht meine Idee. Jonathan Lear hat nach einer Ethik angesichts kultureller Zerstörung gesucht und die Crow dafür als Beispiel genommen. Als ich sein Buch las, fiel mir auf, dass die Handlungsprinzipien der radikalen Hoffnung auch mir dabei geholfen hatten, in einer fremden Welt Fuß zu fassen. Und ich dachte sofort, dass dies auch ein Handlungsprinzip sein könnte, das uns in der gegenwärtigen Lage helfen könnte, angesichts der Klimakrise eine neue Lebensform zu finden. Radikale Hoffnung würde in diesem Fall auch eine radikale Verantwortung für die Konsequenzen des fossilen Lebensstils bedeuten und im besten Fall ein Handlungspotenzial entfachen, das uns bisher verborgen geblieben ist.

Ich glaube, wie die Crow könnte jede:r Einzelne und könnten auch Gemeinschaften, Familien, Unternehmen und ganze Gesellschaften gemeinsam nach einer neuen Form der Wahrnehmung, Bewertung und des Umgangs mit unserer so prekären, apokalyptisch anmutenden Gegenwart und Zukunft suchen. Anders als die meisten Menschen auf der Welt wuchs ich mit dem Glauben an eine Apokalypse auf, und vielleicht fällt es mir auch deshalb leichter, die »reale« Apokalypse zu akzeptieren, weil ich mit dem Gefühl der bevorstehenden »fiktiven« Apokalypse groß geworden bin und weil ich für mich schon einmal eine neue Ethik angesichts kultureller Zerstörung gefunden habe.

Wir sollten uns fragen, welche Fähigkeiten und Tugenden, welche Wünsche und Träume wir als Gesellschaft und Individuen in der heutigen Welt haben. Wir müssen, wie die Crow, eine neue Lebensform finden. Aber wie macht man das? Und was braucht man dazu?

Was brauchen wir heute, um angesichts der krisenhaften Gegenwart in eine gute, lebenswerte Zukunft zu steuern?

DAS SCHREIBEN UND DAS LEBEN

Es gibt viele Gemeinsamkeiten zwischen deiner Generation, liebe Stella, meinem jugendlichen Ich und den Crow. Vor allem diese eine unumstößliche Erkenntnis: Es gibt kein Zurück in unser altes Leben. Ich wollte damals nicht zurück, die Crow konnten nicht, und heute, inmitten der Klimakrise, scheint es so, als könnten *und* wollten wir nicht. Denn was uns die Klimakrise immer wieder vor Augen führt, sind die Fehler, die wir als Industrienationen jahrzehntelang gemacht haben. Eigentlich hätte man die leisen Zeichen, die seit den 1980er Jahren auf einen Klimawandel hinwiesen, schon damals als Ermutigung sehen müssen, als Botschaft: So geht es nicht weiter! Ihr müsst was ändern! Jetzt ist es zu spät für eine sanfte Transformation. Jeder Tag, der vergeht, zwingt uns dazu, noch drastischere Maßnahmen zu ergreifen, um die Klimakrise zu stoppen und einen ökologischen Kollaps zu verhindern.

Aber die letzten Jahre haben gezeigt, dass große Teile der Gesellschaft keine Transformation wollen. Aus der Sozialforschung wissen wir, dass das kein Zeichen ihrer Boshaftigkeit ist. Komplexe Gesellschaften bauen auf Stabilität, jede Veränderung geht mit massivem Widerstand einher. Es ist ein Dilemma, und trotzdem gibt es Hoffnung. Wir müssen nicht auf eine lebenswerte Zukunft verzichten! Wir müssen uns neue Werte und Tugenden erarbeiten, die besser in der Zukunft funktionieren, die uns erwartet. Dadurch sind wir nicht nur besser vorbereitet, sondern erlauben uns gleichzeitig, diese ungewisse Zukunft ein Stück weit mitzugestalten.

Als die Crow in die Reservate zogen und anfingen, sich von Kriegern in Meisenmenschen zu verwandeln, begannen sie, mit den Europäern zu kooperieren. Mut hatte in der Tradition der Crow immer eine große Rolle gespielt. Mut hatte bislang bedeutet, notfalls für den eigenen Stamm zu sterben. Nach der neuen Lebensform der Crow bedeutete Mut aber auf einmal etwas völlig anderes: nämlich sich auf etwas komplett Ungewisses einzulassen, sich der Lächerlichkeit preiszugeben, weil man als Kollaborateur:in mit den Europäer:innen galt. Einmal besuchte Sitting Bull, Häuptling der Sioux und Erzfeind der Crow, Plenty Coups in seinem Reservat. Sitting Bull lachte über die Crow, weil sie sich mit den

Europäern arrangiert und ihre eigene traditionelle Lebensweise aufgegeben hatten. Für Sitting Bull kam das dem Tod gleich. Die neue Definition von Mut jedoch erlaubte es den Crow, diese Scham auszuhalten, weil es in der neuen Lebensform nichts mehr bedeutete, wenn ihr Erzfeind sie auslachte.

Auch ich musste als Jugendliche eine neue Lebensform für mich finden. Es gab kein Harmagedon mehr und kein Paradies. Ich wusste, dass ich mich nicht mehr wie früher zurücklehnen und auf Gott hoffen konnte, sondern dass ich selbst für (m)ein gutes Leben sorgen musste, und dass diese Welt niemals perfekt sein würde. Kein Paradies, egal, wie sehr ich mich auch bemühte. Wie die Crow hatte auch ich keinen klaren Weg vor mir. In meinem Kopf war zwischen mir und einer besseren Zukunft eine Art schwarzer Graben. Ich wusste nicht, wie ich ihn überwinden sollte, ohne fliegen zu können – und trotzdem bin ich wie die Crow auf der anderen Seite des Grabens angekommen. Mitten in die Ratlosigkeit hinein hatte ich einen Anker geworfen, der mir irgendwo da unten am tiefsten Punkt meines Lebens Halt schenkte. Und so verschwurbelt dir das vielleicht vorkommen mag, Stella, ich glaube, genau hier liegt das Epizentrum einer Radikalen Hoffnung, wie wir sie in unserer heutigen Zeit mit allen Problemen und Krisen, die sich wie beim Tetris immer weiter aufeinanderstapeln, nötiger brauchen denn je. Und vielleicht wundert es mich deswegen nicht, dass Plenty Coups genau in dieser Zeit begann, den Weißen von seinem Leben zu erzählen. Wenn die Schrift Teil seiner Kultur gewesen wäre, dann hätte Plenty Coups geschrieben – davon bin ich überzeugt.

Ich würde auch dir das Schreiben ans Herz legen, Stella. Es ist ein Wunder. Oft fällt es mir schwer, den Menschen etwas Gutes abzugewinnen. Das Schreiben oder das mündliche Erzählen, wie Plenty Coups es praktiziert hat, die Geschichten, die daraus entstehen und in der Lage sind, uns zu trösten, zum Lachen zu bringen, zu lieben und uns in fremde Welten und Menschen hineinzuversetzen, lässt mich wieder an das Schöne im Menschen glauben, daran, dass er diesem Planeten genauso viel zurückgeben kann wie andere Lebewesen. Es lässt mich daran glauben, dass wir hierher gehören und ein Teil von allem sind. Schreiben ist für mich radikale Hoffnung.

Seit meinem Ausstieg 1994 waren sechs Jahre vergangen, von denen ich die Hälfte wie im Rausch und die andere Hälfte wie unter einer Glasglocke verbracht hatte. Um das Jahr 2000 fing es an, mir langsam besser zu gehen. Ich studierte, zog nach Berlin, machte meinen

Abschluss und träumte immer öfter von einer schreibenden Zukunft. Mir kam zum ersten Mal die Idee für meinen Roman *Kein Teil der Welt*, der von einer Kindheit und Jugend bei den Zeugen Jehovas erzählt. Dass ich damit ernst machte, dass ich tatsächlich so etwas wie eine Schriftstellerin wurde, hat letztlich ganz viel mit dir zu tun. Als du dich auf dem Streifen ankündigtest, hättest du eine neue Konstante in meinem Leben werden, du hättest meinem Leben eine solch extreme Wende geben können wie mein Ausstieg bei den Zeugen Jehovas. Und während ich diesen Brief an dich schreibe, merke ich, dass ich mich sowohl bei meinem Ausstieg als auch bei meiner ungewollten Schwangerschaft deshalb so ratlos und betrogen fühlte, weil ich mich in beiden Fällen von einem Lebenskonzept abkehrte, für das ich mich nicht freiwillig entschieden hatte: in das eine bin ich hineingeboren (Religion), auf das andere (Mutterschaft) konditioniert worden. Auch der Ausstieg bei den Zeugen Jehovas war ein Abbruch gewesen – von allem, das ich bis dato gekannt hatte, und der Schwangerschaftsabbruch ein Ausstieg, eine endgültige Abkehr von der Mutterschaft hin zu einer Entscheidung für ein Leben im Schreiben.

Zwar war das Schreiben seit meiner Jugend eine wichtige Verbindung, es schlug eine Brücke zwischen altem und neuem Leben – es ließ mich den schwarzen Graben überwinden. Bis heute für mich ein Wunder. Und doch glaube ich, kann ich sagen: Mein Schreiben beginnt mit deiner Abtreibung. Denn erst danach beschloss ich, wirklich ernst damit zu machen.

Die Abtreibung hinterließ eine produktive Lücke, in der ich mich fragte, was meinem Leben Sinn geben könnte, wenn es nicht die Religion oder eine Familie sein sollte. Die Lücke wurde zu meinem Glück (das Wort *Glück* kommt von *Lücke*, wusstest du das?). Jeden Tag setzte ich mich an den Text, der einmal mein erster Roman *Tigermilch* werden würde. Dabei warst du immer an meiner Seite, als wärst du nur in mein Leben gekommen, um mir immer wieder zuzuflüstern: »Mich wolltest du nicht, du willst das hier – also mach!« Ich spürte: Wenn ich weiterschreiben würde, könnte ich glücklich bleiben.

Es sollte noch eine Weile dauern, bis ich mich in der Lage fühlte, *Kein Teil der Welt* zu schreiben, aber nachdem 2013 mein erster Roman erschienen war, wagte ich mich heran. Inzwischen war genügend Zeit seit meinem Ausstieg vergangen, dachte ich, und trotzdem kehrte alles zurück, als ich anfing zu schreiben: die Gerüche, die Lieder, die Texte, die Menschen. Immer wieder sagte ich mir: »Es ist vorbei. Das hier ist nur eine Geschichte«, aber ein Teil in mir sträubte sich dagegen, in diese Welt zurückzukehren, wenn auch nur auf einem Retinadisplay. Die alten Symptome kehrten wieder, ich durchlebte alles in kleiner, abgemilderter Form: Panikattacken und depressive Verstimmungen. Ich bekam Sehnenscheidenentzündungen an den Handgelenken, so als wollte mir mein Körper sagen: Das schreibe ich nicht auf, daran will ich mich nicht erinnern. Abends rieb ich sie mit Compagel ein, hochdosierte Heparinsalbe für Rennpferde – die Tierärztin meines Hundes hatte es mir illegal verschrieben, aber die Sehnenscheidenentzündung flammte wieder auf, sodass ich schließlich nur noch mit zwei Ikea-Bleistiften auf meiner Tastatur tippen konnte. Es war, als würde ich meine Zeit bei den Zeugen Jehovas noch mal in Brühwürfelform durchleben.

Oft dachte ich daran, alles hinzuschmeißen. Was mich weiterschreiben ließ: die Gewissheit, dass ich diese Geschichte – einmal aufgeschrieben und zwischen zwei Buchdeckeln gebannt – als Teil meines Lebens samt apokalyptischer Weltuntergangsszenarien endgültig und vollkommen hinter mir lassen könnte. Vielleicht war das damals auch das unbewusste Anliegen von Plenty Coups, als er seinem Freund Frank Linderman von dem alten Leben der Crow und der Vernichtung seiner Kultur erzählte. Ähnlich wie mir könnte es Plenty Coups dabei geholfen haben, darüber zu »schreiben«, auch als Handlungsprinzip der Radikalen Hoffnung, ein Erzählen, um zu trauern, zu erinnern – aber auch, um Platz zu schaffen für Neues. Wir wissen es nicht, aber so könnte es gewesen sein.

Im Sommer 2019 pflegte ich den Schrebergarten einer Freundin und schrieb dort *Kein Teil der Welt* fertig. Wie einen Hinkelstein hatte ich den Roman jahrzehntelang mit mir herumgetragen, und jetzt hatte ich es endlich geschafft. Du wärst in jenem Sommer neun Jahre alt gewesen. Den Garten hättest du geliebt, den Pfirsichkuchen, den ich backte, und das Quittengelee, und bestimmt hättest du mit den Nachbarskindern gespielt. Der Roman war fast fertig, meinen Handgelenken ging es endlich besser, aber sobald ich die grüne Gartenkolonie verließ, traf ich auf trockene Wälder und niedrig stehende Gewässer. Ende Mai waren es fast vierzig Grad, seit April hatte es kaum geregnet, und weil der Pegel der Havel so niedrig war, stellte man uns schließlich das Brunnenwasser ab. Abends ging ich mit meiner Nachbarin zum Fluss hinunter, wir füllten Kannen und Behälter für die Pflanzen – das war erlaubt. Die Spree fließt aufwärts, erzählte sie mir, und dass dies möglich sei, wenn Flüsse zu wenig Wasser trügen, weil das Wasser nicht mehr genügend Kraft habe und wie im Falle der Spree zurück in den Müggelsee floss. Schweigend tauchte ich meine Gießkannen ins Wasser, schleppte sie zur Parzelle, band den überladenen Pfirsichbaum hoch, goss das hängende Gemüse. In der Nacht lag ich wach und erinnerte mich an meine Freundin Samira. Als wir so alt waren wie du zu dieser Zeit, schrieb sie das hier in mein Poesiealbum: »Wenn die Flüsse aufwärts fließen und die Hasen Jäger schießen und die Mäuse Katzen fressen, dann erst will ich dich vergessen.«

Tag für Tag zwang ich mich an den Schreibtisch. Die Erleichterung und Freude darüber, dass der Roman so gut wie fertig war, konnte ich nicht mehr genießen. Es kam mir fast wie eine Ironie des Schicksals vor: Sechs Jahre hatte ich an *Kein Teil der Welt* geschrieben, von einer Kindheit und Jugend bei den Zeugen Jehovas erzählt, darüber, was es bedeutet, mit einer permanent drohenden Apokalypse aufzuwachsen – ein Text, durch den ich mir insgeheim erhoffte, die Dämonen der Vergangenheit für immer hinter mir zu lassen. Stattdessen jedoch holten mich die Weltuntergangsszenarien meiner Kindheit unverhofft ein. Sechs Jahre schrieb ich, bloß um mich in einer Realität wiederzufinden, in der ein Hitzerekord den nächsten jagte und Kinder in deinem Alter anstatt in die Schule auf die Straße gingen, um für ihr Überleben und das der nachfolgenden Generationen zu kämpfen. Eigentlich hätte ich erleichtert sein sollen, stolz auf die baldige Beendigung meines Romans. Stattdessen geriet ich in eine tiefe Schreibkrise. Die Gegenwart ließ mich als Autorin verstummen.

DER STREIK UND DIE REISE

Mitten in die Hitze hinein warnten über 11 000 Wissenschaftler:innen, dass der Menschheit bei einem Weiterso nie da gewesenes Leid bevorstünde. Mein Roman, an dem ich so lange geschrieben hatte, erschien mir plötzlich so banal und wirklichkeitsfern wie Glückskekse betexten. Wozu noch Romane schreiben, wenn die Realität überwältigender ist als jede Fiktion, fragte ich mich?

Ich saß im Garten auf der Hollywoodschaukel und blickte betrübt auf den Lavendelstrauch, in dem Bienen summten. Ich fragte mich: Wie kann ich so schreiben, dass meine Texte einen relevanten Kommentar zur Gegenwart liefern, dass sie in der Lage sind, die Welt auf eine Art zu bestäuben, dass sie zu einem hoffnungsvollen, besseren Ort wird? Es war doch als Autorin meine Aufgabe, die Welt in all ihren kleinen und großen Ausprägungen einzufangen und von ihr zu erzählen, mir Dinge vorzustellen und nicht nur aufzuschreiben, sondern auch umzuschreiben und weiterzuschreiben – oder nicht? Ich traf überalle auf Dystopien – in der Buchhandlung und auf den Streaming-Portalen, im Kino. Mir fiel auf, dass sie nur das Bild einer chaotischen, grausamen, unbewohnbaren Erde heraufbeschworen. Schrill und mit Ausrufungszeichen evozierten sie die grausamen Bilder meiner Kindheit, die ich in den Publikationen der Zeugen Jehovas täglich hatte anschauen müssen: Kriege, Kriminalität, hungernde Kinder, die Erde, die sich auftut und Menschen wie im Alten Testament verschlingt, Blitze, die vom Himmel regnen, die sieben Plagen.

Ich fand diese Geschichten so unglaublich billig. Sie reproduzierten nicht nur apokalyptische Klischees, sondern glaubten ernsthaft, mit einem pädagogischen Fingerzeig Einfluss nehmen zu können – nach dem Motto: *Wenn wir jetzt nichts tun, leben wir bald so wie hier!* –, bleierne Geschichten, die meist jedoch nicht in ein neues Morgen führen, sondern in genau jene düstere Zukunft, die sie imaginieren. Was mich am meisten an der sogenannten *Climate Fiction* störte: Nirgends in diesen Geschichten gab es irgendeine Form von Hoffnung auf eine tatsächlich bessere Zukunft, die gemeinsam imaginiert und gestaltet wurde. Stattdessen ging es immer nur ums Überleben und eine reuige Trauer um das Verlorene. Mich lähmten diese Fiktionen und ich dachte immer: Was soll denn das? Wie kann sich dann etwas zum Guten wenden? Ist es denn nicht auch ein bisschen gut, dass dieses fossile Zeitalter endlich vorbei ist? Hoffnung setzt ja nicht nur eine innere Zuversicht voraus, sondern man erlangt sie überhaupt erst durch Bewegungen und Handlungen, weil man nur dadurch die Erfahrung macht, etwas verändern zu können, indem man nicht nur an Veränderung glaubt, sondern auch zu ihr beiträgt. Ich glaube sogar, dass es leichter ist, durch Handlungen Gefühle zu steuern als umgekehrt. Auch deswegen ist die radikale Hoffnung ein Prinzip, und während ich das schreibe, denke ich: Vielleicht ist dieser Gedanke auch dem Prinzip der Medizinträume in der Crow-Kultur ähnlich, weil sie auf Handlung basiert, um Gedanken und Gefühle zu lenken, ein bisschen wie das Prinzip der Verhaltenstherapie. Wie auch immer – ich wusste: Ich muss endlich etwas tun!

Wenn ich Trost brauchte, ging ich freitags zu den Fridays-for-Future-Demos am Invalidenplatz. Nur hier fühlte ich mich *in der Wahrheit*, so wie man früher bei den Zeugen Jehovas sagte, um den Zustand zu beschreiben, dass alle anderen in einer Lüge leben – nur dass es, anders als damals, diesmal wirklich stimmte.

Wenn ich weiterschreiben wollte, musste ich für diese *Wahrheit* eine andere Sprache und Perspektive finden. Aber wie? Ich müsste lernen, mir vorzustellen, was die Klimakrise für die Zukunft bedeuten könnte – nicht, indem ich mir eine Apokalypse vorstellte, denn dann gäbe es keine Zukunft und auch keine Erzählungen mehr. Ich musste einen Schritt weitergehen, mich zuerst in einen Post-Verleugnungszustand bringen und darauf aufbauend eine Art reale Utopie entwerfen – keine weltfremde Idylle, aber eben auch keinen Weltuntergang. Vielleicht müsste ich das Aussterben der Kulturen, in denen ich groß geworden bin, als möglich betrachten, den Zusammenbruch als unvermeidlich, die Katastrophe als wahrscheinlich und daraus – wie damals bei meinem Ausstieg – etwas Neues machen? Den Anker tief in die Ratlosigkeit sinken lassen und ins Handeln kommen.

Genau das machten die Kinder und Jugendlichen am Invalidenplatz. Sie wussten auch keinen Rat, aber sie hatten ihre Lähmung und Wut in einen Streik verwandelt, sie waren in die Bewegung, in die Aktion gekommen, ohne einen großen Plan, und das hatte nicht zu Apathie und Depression geführt, im Gegenteil: Der unerträgliche Status quo verflüchtigt sich durch Bewegung und Handlung, egal, wie ratlos sie am Anfang ist.

Er setzt eine neue Kreativität dafür frei, worauf man sich in Zukunft konzentrieren sollte. Das imponierte mir so sehr!

Ich ging zu einem Treffen von Extinction Rebellion, meine Nachbarin Kaya hatte mir davon erzählt, und ich war neugierig auf diese Rebell:innen, die mit spektakulären Blockaden und friedlichem Protest schon viel Aufmerksamkeit erlangt hatten. Kaya nahm mich mit zu einem Aktionstraining, ich nahm an Straßenblockaden teil, kampierte im Herbst 2019 auf einer Wiese im Berliner Regierungsviertel und nahm jeden Tag an Aktionen teil. Einen Tag saß ich auf der Straße am Großen Stern, einen anderen beherbergte ich junge Klimaaktivist:innen, die für die Blockaden angereist waren, dann wieder fuhr ich als Pinguin verkleidet zum Flughafen Tegel, um dort in der Abfertigungshalle zu demonstrieren. Ich blockierte, diskutierte, skandierte, ließ mich wegtragen, kassierte Platzverweise, aber so recht wohl fühlte ich mich nicht unter den singenden, in goldene Plastikfolie eingepackten Rebell:innen. Sie alle wirkten verloren und einsam, und ihre Protestform hatte den Märtyrergestus der Zeugen Jehovas, der mich befremdete und schlechte Erinnerungen weckte. Meine Gedanken kehrten stattdessen immer wieder zurück zu den Kindern am Invalidenplatz, zu ihrem Mut und dieser tollen Idee, für eine gerechte Klimapolitik die Schule zu schwänzen. Was wohl wäre, wenn einfach alle das täten – nicht mehr zur Arbeit gehen, so lange, bis die Regierungen der Welt gemeinsam ihre Klimapolitik änderten? Und wenn die Kinder einmal in der Woche, jeden Freitag, streiken, dachte ich, dann müsste ich als Erwachsene das eigentlich jeden Tag tun.

So entstand die Idee meines Klimastreiks. In Anlehnung an Fridays for Future begann ich im November 2019, meine Schreibzeit vor der Akademie der Künste am Brandenburger Tor zu verbringen, aber nicht nur freitags, sondern täglich. Jeden Werktag setzte ich mich von 9 bis 13 Uhr auf den Pariser Platz, ich hockte dort in der Kälte mit meinem Hund auf einer Diddl-Bettdecke, neben mir ein Schild, auf dem stand: GERMAN WRITER ON CLIMATE STRIKE. Genau genommen war es gar nicht kalt, es war viel zu warm für November in Berlin. Stunde um Stunde saß ich dort, umgeben von Banken, Botschaften, Luxushotels, und tat gar nichts, außer mich anstarren zu lassen. Die Touristen glotzten, machten Fotos von mir, die Polizei war genervt, oft wurde ich weggeschickt, wenn mal wieder Staatsbesuch im Adlon residierte, aber ich kehrte Tag für Tag zurück, weil ich es zu Hause nicht aushielt. Was sollte ich schreiben, einen neuen Roman? Ein weiteres Werk schaffen, das sich zwischen zwei Buchdeckel pressen ließ und von einer Welt erzählte, die es bald eh nicht mehr geben würde? Nein. Also hockte ich. Stunde um Stunde. Nur selten kamen Menschen auf mich zu, die meisten gingen kopfschüttelnd an mir vorbei. *Was macht die hier? Wenn die Schriftstellerin ist, warum ist die dann nicht zu Hause? Na, ist wahrscheinlich gar keine richtige Autorin, sondern will sich wichtig machen,* dachten sie wohl.

Mir war langweilig und der Hintern tat mir weh. Tag für Tag kehrte ich an meinen Platz vor der AdK zurück, ratlos, ohne Plan – ich fühlte mich wie eine Plastikschamanin auf der Suche nach dem allwissenden Müllhaldenorakel. Manchmal nahm ich kaum noch wahr, was am Pariser Platz vor sich ging – die Stimmen, die Polizist:innen, der Leierkastenmann mit seiner Leierkastenmusik –, alles war eine Welle, die den Platz flutete und sich wieder zurückzog, flutete und sich wieder zurückzog. Ich dachte: Ich bin ein Pfahl an diesem Strand. Solche Pfähle hatte ich mal im Urlaub an der niederländischen Küste gesehen. Für jeden dieser Pfähle wird in einem Logbuch Jahr für Jahr festgelegt, wie weit er vom Meer entfernt liegt und wie weit es von dort bis zum Dünenrand ist. Auf diese Weise kann man erkennen, wie sich das Land verändert. Die Linie entlang des Dünenfußes wird jedes Jahr aufs Neue gezogen. Wenn an irgendwelchen Stellen strukturelle Erosion zu erkennen ist, wird dort durch Strandaufspülung oder Vorlandaufspülung eingegriffen. Das schrieb ich in mein Klimastreiklogbuch: »So ein Pfahl bin ich – ich habe mich hier selber in den Boden gerammt, um zu bleiben. Als Maß für Erosion.«

Während meiner Zeit vor der Akademie kamen mich manchmal Leute besuchen, aber die meisten befremdete mein seltsamer Streik, ich glaube, weil sie die Dringlichkeit nicht empfanden, oder sie fanden es übertrieben, vielleicht sogar narzisstisch – diese Schriftstellerin, die sich in aller Öffentlichkeit ausstellt und vielleicht nur Aufmerksamkeit haben will? Die Einzigen, mit denen ich ernsthafte Gespräche auf Augenhöhe führte, waren Kinder und Jugendliche wie du – von überall auf der Welt. Manche setzten sich eine Weile zu mir und erzählten von ihren Ängsten und Aktionen. Ein Mädchen – etwas älter als du jetzt, sie kam aus Südafrika – sprach darüber, wie sie zwei Tage wie ich an einem Brunnen mitten in der Stadt gesessen und geschwiegen hatte. Die Leute dachten, genau wie von mir, dass sie nur Aufmerksamkeit wolle, dabei war ihr einfach nur nach Schweigen, weil ihr die Worte fehlten für das, was gerade geschah. Wir umarmten uns und wünschten uns alles Gute, und dann saß ich wieder allein da. Oft geriet ich durch die Kälte, Langeweile und die zunehmenden Rückenschmerzen dort immer öfter in eine Art Trancezustand – ein bisschen wie bei den Crow vielleicht, wenn sie rausgingen, um zu träumen. Ich stellte mir vor, was wäre, wenn sich alle Menschen meinem Streik anschließen würden, wenn alles so stillstehen würde wie ich, wie die Pfähle an der niederländischen Küste, wenn niemand mehr zur Arbeit ginge, Konzerthäuser, Kinos und Fußballstadien geschlossen blieben, weil alle mitmachten, auch die Fußballer, selbst Kriege kämen zum Erliegen – so lange, bis die Regierungen der Welt die Klimakrise endlich ernst nahmen und lösen würden. Und ich träumte von einem Fahrrad, mit dem ich durch Europa reiste, ein Wohnfahrrad, in dem ich herumfahren und auch schlafen konnte. In meinem Traum fuhr ich damit herum auf der Suche nach Ideen, Visionen, Antworten, auf der Suche nach einer realen Utopie anstatt eines dystopischen Epos, einer produktiven Verzweiflung, wie damals, als ich mich von den Zeugen Jehovas abwandte. Ich suchte einen Weg, der mich in ein neues, glaubhafteres Schreiben führte und in ein radikal hoffnungsvolleres Leben – einen Weg, der es mir ermöglichte, wahrhaftig von der Gegenwart zu erzählen, ohne Angst vor Vernichtung.

Zu Hause kramte ich ein paar alte Hefte hervor, die ich mal bei einem kleinen Ökoverlag gekauft hatte, liebevoll gestaltete Anleitungen zum Bau von Lastenrädern, Kompostklos, Sonnen- und Windenergiespeichern – alles aus Wohlstandsmüll gebaut. In einem der Hefte entdeckte ich die Illustration wieder, an die ich mich bei meinem Streik erinnert hatte: ein umgebautes Fahrrad, an dem hinten eine alte Gartenliege befestigt war, die man aufklappen und auf der man schlafen konnte.

Ich kehrte noch einige Tage zur Akademie zurück, doch ich hatte das Gefühl, dass meine Zeit dort vorbei war. Am 40. Streiktag packte ich meine Diddl-Decke ein und kehrte nicht mehr an die AdK zurück. Ich hatte einen Plan. Ich schrieb an die Werkstatt, die die Hefte mit dem Wohnfahrrad herausgegeben hatte, und erzählte ihnen von meiner Idee, ein Wohnfahrrad zu bauen und damit herumzufahren, auf der Suche nach radikaler Hoffnung, nach Handlungsprinzipien für eine bessere Zukunft. Nur wenige Tage später rief mich jemand an. Sie waren begeistert und wollten mir dabei helfen, mein Wohnfahrrad zu bauen. Also fuhr ich kurz darauf nach Kiel.

In der Werkstatt der Alten Muthesius Kunsthochschule richteten wir unseren Arbeitsplatz ein. Ungefähr zur selben Zeit verbreiteten sich die ersten Nachrichten zu Covid-19, erste Infektionsfälle wurden in Deutschland gemeldet – und die ersten Toten. Abends erreichte ich oft völlig erschöpft meine Unterkunft, schaltete den Fernseher an und ahnte wie die meisten nicht, was für eine schwierige Zeit uns bevorstand. Und mir fiel auf: Mein erster Traum vor der AdK war Wirklichkeit geworden, meine Vision von den leeren Kinos, Fußballstadien, Kirchen hatte sich erfüllt – nur unter völlig anderen Vorzeichen.

Als die Lockdownregeln in Kraft traten, musste ich zurück nach Berlin. Sieben Wochen später kehrte ich nach Kiel zurück. Das Rad nahm langsam Form an, doch je länger wir daran herumbastelten, desto mutloser wurde ich. Erstens wurde das Fahrrad – wie so oft bei solchen Vorhaben – viel teurer, als ich gedacht hatte. Manchmal überlegte ich, was ich davon alles hätte kaufen können (oder spenden!), und fand die ganze Idee albern und dekadent. Wieso nicht einfach Zug fahren, statt ein so seltsames Rad zu bauen? Aber schließlich war es mein (Medizin-)Traum gewesen, dachte ich, also baute ich verbissen weiter. Inzwischen fühlte ich mich auch in der Werkstatt nicht mehr wohl. Viele Leute dort waren anfällig für Verschwörungstheorien, und als mich einmal jemand auslachte, weil ich Maske trug, wäre ich am liebsten gegangen.

Aber ich musste ja das Fahrrad fertig bauen! Eines Tages stand es ausgeklappt auf der Wiese, letzte Leimreste trockneten, doch statt Vorfreude auf die Reise spürte ich nur eine große Verunsicherung. Hatten die Menschen am Pariser Platz vielleicht recht gehabt, mich als Spinnerin abzutun? Das hatte doch alles nichts mehr mit radikaler Hoffnung zu tun, mit Bewegungsfiguren, die mich aus der Lähmung in die Lösung führen sollten, dachte ich.

Mich überkamen Zweifel an meinem gesamten Vorhaben. War das wirklich der richtige Weg gewesen – einen auf DIY-Fahrradreise zu machen und mich ein bisschen in einen ignoranten Öko zu verwandeln? Du bist falsch abgebogen, dachte ich. Der Widerstand, mich auf den Sattel zu setzen, geschweige denn hinten unter der Plane zu schlafen, wurde größer und größer. Ich wollte alles, nur nicht mit diesem Fahrrad losfahren. Was hatte ich mir dabei nur gedacht? Ich musste dieses Ungetüm nur anschauen, um zu wissen, wie beschwerlich die Reise werden würde – vorn ein lila Gerippe aus Lenker, Rahmen, Rädern und Sattel, hinten eine Art Miniplanwagen, den ich zum Schlafen ausziehen konnte. Eigentlich cool, aber nur auf Fotos, bei Pinterest und Instagram! »Am liebsten würde ich das Ding in die Kieler Förde schmeißen«, gestand ich einer Freundin am Telefon, aber dafür war es jetzt zu spät.

Oft denke ich an den Moment zurück, kurz bevor es losging. Es gibt ein Foto davon, wie mein Hund Pinsel neben dem fertigen Lastenrad sitzt und mich ungläubig anstarrt. *Da steige ich nicht ein*, sagt sein Blick. Ich musste ihn schließlich mit der Leine darin festbinden.

Die erste Nacht meiner Reise verbrachte ich nicht weit von Kiel hinter einem Weißdornbusch am Postsee bei Preetz. Nachts schlotterte ich vor Kälte, und am nächsten Tag musste ich Pinsel zurück nach Berlin bringen, denn er ließ sich nur gegen seinen Willen ins Lastenrad verfrachten und zitterte darin so sehr, als sei er auf einem Tiertransport. Mich verließ der Mut. Das Lastenrad hatte viel mehr gekostet, als ich erwartet hatte – inzwischen war wegen der Pandemie meine ganze Lesereise abgesagt worden. Wie sollte ich das alles bezahlen? Was hatte ich mir da nur aufgebürdet? Für wen tat ich das?

Ich machte trotzdem erst mal weiter, die Scham erlaubte es mir noch nicht, alles abzubrechen, also kehrte ich nach Preetz zurück und fuhr los. Meine Reise wollte ich auf der Künstler:innenplattform Patreon dokumentieren. Ich wollte meine Abonnent:innen mit knackigen Texten und Fotos von der Reise versorgen und ein analoges Fanzine an sie verschicken: *Kassandra – Magazin für eine Neue Zeit* sollte es heißen, aber meistens war ich für all das viel zu müde, wenn ich vom Fahren Rast machte.

Mir wurde immer klarer: Ich fühlte mich nicht wohl auf dieser Reise – aus verschiedenen Gründen.

Anders als geplant reiste ich statt mit Hund alleine als Frau. Ich konnte mich nicht überwinden, das Rad einfach nachts irgendwo abzustellen. Und das Lastenrad war furchtbar schwer. Obwohl ich nur wenig Gepäck dabeihatte, fuhr es sich mühselig und ich kam viel langsamer vorwärts als gedacht. Wegen der Pandemie war fast alles geschlossen: Campingplätze, Museen, Archive, Galerien, Büros von Initiativen. Zwar sah ich viele Menschen Fahrrad fahren, aber es war schwierig, mit Leuten ins Gespräch kommen. Sich zu treffen, ungezwungen – hinzu kam, dass ich nach meiner Tagestour dazu fast nie die Kraft hatte, weil ich immer so fertig war vom Radeln. Oft lag ich dann mit geschlossenen Augen in meiner Kiste und fragte mich: Was machst du hier? Die Welt erlebt eine Pandemie und du fährst mit einem selbst gebauten Fahrrad herum?

Oft musste ich absteigen und einen Brustgurt benutzen, um das Rad die Steigungen hochzubekommen, nur um nach wenigen Minuten wieder das Gleiche zu tun: absteigen, Brustgurt um und das Lastenrad eine Steigung hochschieben, alles unter den Blicken vorbeiradelnder Rentner:innen. Es war die reinste Sisyphosarbeit. Niemand nickte mir aufmunternd zu oder half mir, so als ob auch ich eine Art griechische Antiheldin war, die ihr Schicksal selbst zu verantworten hatte. Mir wurde klar, ich sah so lächerlich aus, wie ich mir vorkam. Und dazu immer wieder diese nagende Erkenntnis: Du bist falsch abgebogen, das hier bringt dich kein Stück weiter. Es wird dich niemals in ein neues Erzählen führen, sondern einfach nur in Schulden stürzen. In den USA gründete sich eine neue politische Bewegung – Black Lives Matter. Der Mord an George Floyd trieb die Menschen auf die Straße. Und du, fragte ich mich, was machst du hier? Du schiebst ein selbst gebautes, schweres, überteuertes, hässliches Fahrrad über Berge. Ich fühlte mich wie diese Menschen, die Bienenwachstuch-Workshops geben und ernsthaft glauben, damit die Welt retten zu können.

Ja – ich war eine dumme, ignorante Europäerin mit einem hässlichen Fahrrad. Aber ich war zu stolz, um abzubrechen, obwohl klar war, dass dieses sinnlose Herumfahren zu nichts führte. Ich sprach mit kaum jemandem, ich schrieb nichts und auch sonst kam außer meinem Fahrrad nichts in Bewegung. Hinter Lübeck fasste ich noch einmal Hoffnung, ab da ging es den Elbe-Lübeck-Kanal entlang und dann die Elbe runter, das klang nach flacher Fahrt, doch als ich in Kronsforde aufs Wasser zufuhr, merkte ich, dass es sich um einen Singletrail handelte, eine einspurige Naturstrecke, die für mein dreirädriges Wohnfahrrad kaum geeignet war. Ich versuchte, die beiden Hinterräder so gut es ging auf den dicken Grasnarben zu manövrieren. Das Rad ruckelte wie ein bockiges Pony.

An einem Abend auf dem Campingplatz in Güster schmerzte mein Hintern so sehr, dass ich kaum noch gehen konnte – ich sehnte mich nach der Pferdesalbe, mit der ich einst meine Handgelenke eingeschmiert hatte, während ich *Kein Teil der Welt* schrieb, ich wollte sie überall auf meiner Haut spüren, dieses mentholige Balsam mit der harten Heparin-Infusion. Ich spürte meine Beine nicht mehr. Meine Fußknöchel hatten sich lila verfärbt, meine Fingerspitzen pochten. Etwas Warmes tropfte in meine Unterhose – schon wieder? Ich hatte erst vor zwei Wochen meine Tage gehabt. Aus dem Internet erfuhr ich, dass Polymenorrhoe (zu häufige Menstruation) genau wie Amenorrhö (zu seltene Menstruation) von körperlicher Überlastung und Stress kommt.

Ich war inzwischen zwei Wochen unterwegs. Ich hatte

weder gute Gedanken gehabt noch Ideen, geschweige denn irgendwelche Visionen, wie es mit dem Schreiben weitergehen könnte, wie ich einen relevanten Kommentar zur Gegenwart liefern könnte. Ich schloss die Augen und schlief wie so oft auf dieser Reise ein, ohne etwas gegessen oder mir die Zähne geputzt zu haben.

Am nächsten Tag fuhr ich weiter. War das noch Reisen, fragte ich mich, oder die neue Zukunftsdisziplin – sich schwankend durchs Leben bewegen, einfach nur darauf hoffend, Kurs zu halten, nicht stecken zu bleiben oder runterzufallen? Ich spürte jede Steigung und vor allem auch jede Neigung – ich musste sie ausgleichen, sonst wäre ich mit meinem Fahrrad in den Kanal gekippt. Es war ein völlig neues Körpergefühl, es beanspruchte Muskelpartien, die ich bisher nicht gekannt hatte. Mitten in der Landschaft, entlang des Kanals, stand eine Skulptur. Drei überdimensionale Menschen zogen eine Art Karren. Um ihre Brust waren Gurte befestigt – ähnlich meinem eigenen, mit dem ich bei Steigungen das Rad zu Fuß schob –, auch ihnen standen vor lauter Anstrengung die Haare zu Berge. Ich hielt an und blickte lange auf die Skulptur. Ich googelte, dass sie zur Erinnerung an die kulturelle Nutzung des Kanals errichtet worden war, auf dem früher Menschen oder Tiere von Land aus mit Salz beladene Schiffe durch den

Kanal zogen. Diese Nutzungsart nennt man Treideln oder Linentrecken.

Schluss, dachte ich. Mit letzter Kraft fuhr ich bis nach Büchen. Dort erlaubte man mir, in der Kirche das Lastenrad abzustellen. Der Zug nach Berlin fuhr in zwanzig Minuten, ich stieg dankbar ein. In Berlin angekommen, schlief ich drei Tage durch, danach ging es mir langsam besser. Auf der Straße traf ich beim Einkaufen Menschen, die von meiner Reise erfahren wollten. Immer wieder beschrieb ich den Singletrail am Elbe-Lübeck-Kanal und erzählte von der seitlich schwankenden Position auf dem Lastenrad, ich zeigte auf den schmerzenden Muskel, ich hatte ihn gegoogelt: Piriformis heißt er. Wenn ich zu Hause auf dem Sofa lag (das tat ich ständig!) und die Augen schloss, spürte ich das Schwanken auf dem Fahrrad, es hatte sich in meinem Körper als Abdruck manifestiert, wie bei einer viskoelastischen Matratze.

DAS SCHWANKEN UND DIE SCHERBEN

Vielleicht fragst du dich, warum ich dir hier so ausführlich von meinem Klimastreik und von meiner Reise erzähle. Tatsächlich fällt mir auf, dass ich auf dem Fahrrad nur selten an dich und deine Altersgenoss:innen gedacht habe – so sehr war ich mit mir selbst, meinen Grenzen und meinem Scheitern beschäftigt. Aber letztendlich waren du und deine Generation der ursprüngliche Antrieb für diese Reise gewesen, auch oder gerade weil ich mich damals gegen dich, gegen dein Leben auf diesem Planeten entschieden habe. Als Mutter hätte ich ganz sicher keine Ressourcen gehabt, ein Lastenrad zu bauen und damit herumzufahren. Und vielleicht fühlte sich das Scheitern und die damit verbundene Scham auch deswegen so groß an. Doch im Nachhinein kann und will ich dir sagen, dass es ein gutes Scheitern war – sogar ein produktives Scheitern, und dass diese Erfahrung mich radikal hoffungsvoll gemacht hat.

Erst nach meiner Reise merkte ich, dass meine Überforderung währenddessen ziemlich genau dem mentalen Level entsprach, das ich bei mir und meinem Umfeld angesichts der Klimakrise feststellen konnte – vor allem bei den Kindern vom Invalidenplatz. Sich auf nichts mehr richtig konzentrieren zu können, die ganze Zeit damit beschäftigt zu sein, nicht zu fallen, ohne auch nur einen Moment mal hochschauen zu können und die Landschaft, das Leben zu genießen. Das Gefühl, komplett auf dem falschen Weg zu sein – einfach keinen Halt mehr zu haben, aber auch nicht zu wissen, wo es sonst lang geht. Sich verirrt zu haben, auf so vielen Ebenen.

Wieder zu Hause in Berlin betrachtete ich meine Reiseerfahrungen wie Souvenirs. Oft schon war es mir als Kind passiert, dass der Zauber von Steinen und Muscheln, die ich am Strand in Spanien sammelte, die Reise aus irgendwelchen Gründen nicht überlebte, dass die Steine und Muscheln, die stellvertretend für die schönen Momente und Erinnerungen standen, zwar in meiner Tasche steckten, aber das Wunderbare, das ich mit ihnen verband, am Strand zurückblieb. Diesmal war es genau umgekehrt: Alles, was ich von dieser Reise mitbrachte – Notizen, Gedanken, Erinnerungen und Kontakte, auch meine Schmerzen –, alles, was mir während der Reise nichtig, unbrauchbar und lästig erschien, bekam plötzlich einen Wert. Vor allem das Gefühl des Verlorenseins führte mich genau zu eben jener angemesseneren Perspektive, die ich gesucht hatte. Nie hatte ich auf dem Fahrrad einen klaren Fixpunkt gehabt, weil ich so sehr damit beschäftigt war, mich aufrecht zu halten, nie hatte ich einen klaren Weg eingeschlagen. Stattdessen erlebte ich eine komplette Überforderung auf dem Rad. Ich fühlte mich desorientiert und unfähig, mich darauf gescheit fortzubewegen.

Nach vielen Jahren schaute ich mir mal wieder die *Truman Show* an, fieberte mit, als Truman mit der kleinen Jolle versucht, das tosende Meer zu überqueren. Ich dachte an die vielen Strapazen, Umwege und Abwege während meiner Reise. Plötzlich empfand ich all das und selbst die Entscheidung, abzubrechen, nicht mehr als totales Scheitern, sondern konnte mir vorstellen, all diese fundamental unangenehmen, erschütternden Erfahrungen doch irgendwie in ein gegenwärtige(re)s Erzählen zu übersetzen, in eine Perspektive, in der alles in Bewegung ist – so wie Trumans Boot – und schwankt und umzukippen droht. Ich fragte mich: War dies die genuine Perspektive des Anthropozäns, die ich gesucht hatte? Hatte mich mein hässliches Fahrrad schüttelnd ins Denken gebracht?

Es gibt ein Gemälde von Caspar David Friedrich – *Das Große Gehege bei Dresden* –, auf dem eine große Schlammfläche voller Wasserlachen zu sehen ist. Die Fläche mündet in einen kleinen Fluss, darauf schippert ein kleines Boot. Seltsam daran ist: Man kann die Betrachtungsperspektive des Bildes kaum ausmachen, das Gemälde hat keinen fixierbaren Punkt. »Das ist keine Landschaft, in die man sich beschaulich vertiefen könnte«, sagt Bruno Latour über das Bild in seinen *Gaia Lectures,* »nichts, das Halt bietet, es sei denn, man wäre auf dem Kahn, aber auch dann wäre man noch in Bewegung.«

Ich verstand sofort, was Latour damit meinte, vor allem, was er damit zu beschreiben versuchte: Dieses schwankende Gefühl auf dem Fahrrad, das ich selbst in Berlin, wo ich wieder Boden unter den Füßen hatte, noch spürte, wenn ich die Augen schloss, war für mich ein Symbol für eine neue Perspektive geworden! Es war das genaue Gegenteil von dem festen Boden, auf dem nicht nur ich, sondern wir alle spätestens bis zum Ausbruch der Coronapandemie glaubten, gestanden zu haben. Plötzlich kam alles ins Wanken, alle Selbstverständlichkeit, die wir immer empfunden haben – für unseren Lebensstil, unsere Sicherheit und inzwischen sogar unsere Demokratie. Und dieses Wanken sind wir seit der Pandemie nicht mehr losgeworden. Wir alle versuchen, in diesem neuen Raum, der keine Stabilität durch gesetzte, unveränderbare Koordinaten bietet, Halt zu finden, so wie ich versuchte, auf dem Fahrrad schwankend voranzukommen und trotzdem das Gleichgewicht zu halten, und genau wie auf meiner Reise ähneln wir dabei eher Sisyphos als Superman.

Es ist keine heroische Bewegung, es gibt nichts zu gewinnen, niemand kann in dieser Disziplin Erste:r werden, es geht nicht einmal darum, schwankend wieder in die vermeintlich stabile Welt zurückzukehren. Unsere alte Welt, ihr Raum und ihre Zeit sind unwiederbringlich verloren. Dies war das bittere Eingeständnis der Crow und auch meines nach dem Ausstieg bei den Zeugen Jehovas. Und auch von meiner Reise brachte ich dieses Eingeständnis für mich – und vor allem für dich – als Souvenir mit: Unsere Zeit ist zerbrochen, wir schwanken in ihren Trümmern, einem großen Haufen aus Scherben. Auch wenn es nach außen hin nicht so aussieht wie in den deutschen Städten nach dem Zweiten Weltkrieg, so liegen das Selbstverständnis unserer Kultur und die fossile Ökonomie, auf der sie errichtet wurde, ähnlich am Boden.

Wer das absurderweise noch am ehesten erkannt hat, ist deine Generation, während sich die meisten

Menschen immer noch weigern, dies anzuerkennen, und stattdessen darauf pochen, dass die alte Ordnung wieder hergestellt wird – eine, in die wir nicht mehr zurückkehren können und auch nicht sollten, glaube ich. Denn wenn wir wie die Crow lernen wollen, wieder hoffnungsvoll auf eine neue Zukunft blicken zu können, müssen wir uns die Gegenwart in diesem neuen Rahmen von Zeit und Raum erzählen. Wir müssen verstehen, dass es keine Rückkehr gibt in eine alte Zeit. Egal, wie schwer es uns fällt: Du und ich, wir alle müssen lernen, uns in diesem schwankenden Dasein zu bewegen und die hinterlassenen Scherben neu zusammenzusetzen. Ich nenne das die Dramaturgie der tausend Scherben. Aus diesem Erzählen entsteht eine neue Schönheit, ein viel angemesseneres Muster für unsere Gegenwart als die apokalyptischen Zukunftsbilder der Climate Fiction.

Ich weiß selbst nicht genau, wie unsere Zukunft aussehen wird, und ich glaube auch, dass es gar nicht so wichtig ist, eine präzise Vorstellung von ihr zu haben. Wichtiger als die Vorstellung ist: ins Handeln zu kommen! Wir alle haben unterschiedliche Möglichkeiten und Ressourcen, aber die Kinder vom Invalidenplatz haben mich gelehrt, dass selbst die vermeintlich Schwächsten eine weltweite Bewegung auslösen können. Wir müssen lernen, uns aus der Lähmung zu befreien, indem wir handeln. Nur so können wir uns von apokalyptischen Fiktionen befreien, das, Zerbrochene, Entkernte unserer alten Ordnung (auf-)lesen und dem Anthropozän etwas abtrotzen. Was das für uns als Einzelne bedeutet, weiß ich nicht. Dir, liebe Stella, habe ich meine beiden Versuche erzählt – wie ich aus dem Abgrund meiner Kindheit und später dem Verlust meiner Sprache als Autorin, wieder in ein radikal hoffnungsvolles Leben fand. Auch dieser Brief an dich ist für mich Teil dieses Prinzips der Radikalen Hoffung, weil ich das tue, was mir schon immer geholfen hat: schreiben. Ob dieser Brief dir guttun wird, weiß ich nicht, aber das macht nichts, solange ich mein Bestes gegeben habe. Auch scheitern ist handeln. Wir haben keine andere Alternative – wir müssen versuchen, neue Kreisläufe herzustellen und nach neuen Existenzformen zu suchen, die es uns ermöglichen, aus eben jenen Kreisläufen auszubrechen, die überhaupt erst zum Anthropozän geführt haben, immer mit der Frage: Wie kann ich die Fieberkurve nicht nur deuten, sondern sie in derselben Bewegung auch verändern?

So oder so ähnlich könnte auch Plenty Coups gedacht haben. So oder so ähnlich muss ich gedacht haben, als ich in den 1990ern versuchte, mich schwankend in einer für mich fremden Welt zu bewegen, und so oder so ähnlich möchte ich, dass du zu denken lernst – und dass wir uns alle gemeinsam dem Gedanken verschreiben, dass etwas Gutes eintreten wird, eine Art Hoffnung auf eine Rückkehr ins Leben, das sich fundamental von dem unterscheidet, das wir bisher gelebt haben und das uns noch nicht ganz begreiflich ist.

Weißt du was? Seit meinem Ausstieg bei den Zeugen Jehovas träume ich regelmäßig von vergessenen Tieren. Es ist ein wiederkehrender Traum, in dem ich immer vergessen habe, mich um meine Tiere zu kümmern – mal ein Hund, mal ein Maulwurf, mal eine Schildkröte. Letzte Woche hatte ich nach langer Zeit mal wieder einen solchen Traum. Im Schuppen hatte sich in einer kleinen Wanne aus Silikon Wasser gesammelt. Brackig und grün – verrostete Elektrogeräte schwammen darin. Angeekelt kippte ich das Wasser aus, und da sah ich ein weißes handtellergroßes Krustentier, das auf dem Boden zappelte, und wie immer bei diesen Träumen fiel mir plötzlich ein, dass ich es dort vergessen haben musste, ein unerträglich schlechtes Gewissen überfiel mich, wie immer bei der Art von Traum, weil ich dieses Tier vernachlässigt hatte, und gleichzeitig dachte ich: Wow, was für eine Kraft, in dieser unwirtlichen grünen Brühe überlebt zu haben! Ich nahm das Tier hoch, aber es schnitt mir sofort mit seinen scharfen Scheren in den Daumen und hielt sich daran fest. Erst als ich es in ein sauberes Wassergefäß bugsierte, löste es sich und glitt hinein. Noch im Traum erfasste mich tiefer Respekt vor diesem Tier und seiner Anpassungsfähigkeit, seinem Überlebenswillen. Und plötzlich wusste ich: Dieses Tier bin ich. Diese vielen vergessenen Tiere, von denen ich ein Leben lang geträumt habe, die gezwungen waren, in komplett vernachlässigten Habitaten zu überleben – das war immer ich gewesen.

Wir können und wir werden leben. Radikal hoffnungsvoll heißt nicht, blind an das Gute zu glauben oder an einer diffusen Hoffnung festzuhalten wie an einem Gott – im Gegenteil. Radikale Hoffnung bedeutet, sich der Gegenwart, der Bedrohung, des Verlustes mit all seinen Konsequenzen bewusst zu werden und sich trotzdem oder gerade deswegen eine Vorstellung davon zu machen, wie wir diese Bedrohung, diese Gefahr überwinden können. Radikale Hoffnung ist kein Glaube, sondern eine Handlung mit Prinzipien. Radikale Hoffnung heißt nicht: »Es wird schon werden.« Das Radikale an diesem Prinzip der Hoffnung ist die Klarheit über die Umstände, die vernünftige Furcht und das umfassende Wissen darum, dass es so nicht weitergeht, die Erkenntnis und das WARUM (ein Wissen, das Gläubige verdrängen). Es bedeutet nämlich, radikal Konsequenzen zu ziehen mit festem Blick auf einen neuen, besseren Weg. Radikale Hoffnung ist der radikale Wunsch, bessere Bedingungen auf dieser Welt zu schaffen, und nicht zuletzt die Erkenntnis, dass die Zukunft eine andere sein wird als die, die wir heute noch betrauern – eine bessere.

Alles Liebe, Gute & Glück,

Stefanie

LITERATUR

Horn, Eva/Bergthaller, Hannes: *Anthropozän zur Einführung*, Hamburg 2019.

Latour, Bruno: *Kampf um Gaia*, Berlin 2020.

Lear, Jonathan: *Radikale Hoffnung. Ethik im Angesicht kultureller Zerstörung*, Berlin 2020.

Nassehi, Armin: *Muster. Theorien der digitalen Gesellschaft*, München 2019.

Dieses Projekt wurde von der Villa Aurora & Thomas Mann House e. V. aus Mitteln des Auswärtigen Amtes gefördert.

Aus Liebe zu Mensch und Umwelt: gedruckt auf rückstandsfrei recyclebarem, alterungsbeständigem Papier.

FSC www.fsc.org MIX Papier | Fördert gute Waldnutzung FSC® C005108

Sicher. Kreislauffähig. Klimafreundlich.
C2C Certified® SILBER by gugler*
drucksinn.at

WWW.KJONA.ECO

1. Auflage 2024
Originalausgabe

Korrektorat: Tamara Al Oudat
Covermotiv und -gestaltung: Marion Blomeyer, Lowlypaper
Foto im Nachsatz: Joachim Gern
Innengestaltung und Satz: Herr K | Jan Kermes
Gesetzt aus der Crimson Pro und der Work Sans
Druck und Bindung: Gugler, Melk
ISBN 978-3-910372-33-7